Chantons et Rions

Chansons et Rondes pour Enfants

Dansons sur le chemin
Au son de la cornemuse,
Dansons sur le chemin
En nous tenant par la main.
Voici le printemps qui muse,
Les bois seront verts demain.

BIBLIOTHÈQUE ARTISTIQUE DE LA JEUNESSE

Chantons et Rions !

CHANSONS & RONDES POUR ENFANTS

RÉUNIS & COMPLÉTÉS

par

NOEL BAZAN

PARIS

RAPHAEL TUCK & FILS, ÉDITEURS

19, RUE DE PARADIS, 19

A MES AMIS LES ENFANTS

Sous mes rideaux de mousseline
Autrefois, quand je m'endormais,
J'entendais une voix câline,
Hélas! qui s'est tue à jamais!

Elle chantait dans le mystère
De l'heure où le soleil s'endort,
Des refrains vieux comme la terre
Et que je crois ouïr encor.

Elle racontait la Bergère
Tuant son malheureux chaton
Pour une faute bien légère!
Ron ron ron petit patapon.

La Tour, dont une jupe étroite
Figure les bords escarpés,
Que l'on attaque à gauche, à droite
Et les Lauriers qui sont coupés!

J'écoutais, charmée et rêveuse,
— Le couchant n'était plus vermeil —
Et souriant à ma berceuse,
Passais de la veille au sommeil.

Depuis, j'ai parcouru la vie!
La douleur avec ses frissons
M'a rencontrée et poursuivie,
Mais j'entends toujours les chansons!

Leur souvenir, c'est ma jeunesse,
L'odeur du lilas embaumé,
La plus douce que je connaisse
Flottant parmi les soirs de mai!...

.   .   .   .

A ces refrains chers et fidèles,
J'en ai joint d'autres moins jolis;
Au murmure des Tourterelles
Mêlant celui des Bengalis.

Timide encor, encor modeste
J'espère un encouragement,
De vos regards, de votre geste,
Vous m'accueillez gentiment.

Vous pardonnerez je l'espère
Les Trois Étapes, le Moulin,
Et lorsque vous serez grand-père
Vous, joli blond à l'œil malin,

Quand vous deviendrez bisaïeule,
Petite au minois chiffonné,
Que vous ne marcherez plus seule,
Et sans lunettes sur le nez,

Laissez-moi croire qu'un sourire
Du passé, vous rendra présents
Les refrains que vous allez lire
Même s'ils sont signés BAZAN.

Aux bois rajeunis,
Que le ciel azuré couronne,
Aux bois rajeunis,
Viens chercher, petite mignonne,
Viens chercher des nids.

Promenons-nous dans les bois

Les joueurs désignent un loup et une biche, puis ils se forment à la queue leu leu, se tenant par la robe, pour les dames et les demoiselles, par le paletot pour les hommes, faisant ainsi la queue de la biche.

Pendant ce temps, le loup va se cacher et les autres chantent, en se promenant :

Prom'-nons nous dans les bois Pen - dant que le loup n'y est pas,

Prom'nons-nous dans les bois,
Pendant que le loup n'y est pas.

LA BICHE

(Parlé). Loup, loup, y es-tu?...

LE LOUP

Non...

TOUT LE MONDE

(Chanté). Prom'nons-nous dans les bois,
Pendant que le loup n'y est pas.

LA BICHE

(Parlé). Loup, loup, y es-tu?

LE LOUP

Oui...

1

LA BICHE

Sauvons-nous!...

LE LOUP

Je suis loup, loup, qui te mangera.

LA BICHE

Je suis bibiche qui me défendra.

LE LOUP

Défends ta queue!

Alors le loup essaie d'attraper le dernier joueur; la biche défend celui-ci contre le loup, qu'elle empêche de passer en étendant les bras. Si le loup réussit à prendre ce joueur, celui-ci se retire du jeu; le loup renouvelle sa tentative jusqu'à ce que tous les joueurs soient pris.

Chanson des Bois

Air : *La Mère Bontemps*

I

Aux bois rajeunis,
Que le ciel azuré couronne,
Aux bois rajeunis,
Viens chercher, petite mignonne,
Viens chercher des nids.
Des coucous jaunis
La petite sonnette sonne,
La brise doucement frissonne.
Dans les bois rajeunis
Ah ! viens chercher des nids !

II

Aux bois argentés,
Sur lesquels la lune palpite,
Aux bois argentés,
Viens respirer la clématite ;
Parmi les clartés,
Les chœurs enchantés,
Des rossignols et des mésanges,
Sont semblables aux chœurs des anges,
Dans les bois argentés
Viens cueillir des clartés !

III

Aux bois dédorés,
Sur lesquels la neige demeure,
Aux bois dédorés,
Où le petit roitelet pleure,
Viens cueillir encor,
Mon joli trésor,
Viens cueillir la fleur fraîche
         [éclose,
Qui sent aussi bon que la
        [rose,
Ah! viens cueillir la
       [fleur
   La fleur de
mon cœur!

Il était un' Bergère

Il é - tait un' ber - gè - re , Et ron,ron,ron Petit

pa-ta-pon , Il é - tait un' ber - gè - re Qui gardait ses mou-

tons ron-ron Qui gar dait ses mou- tons

I

Il était un' bergère
Et ron, ron, ron, petit patapon ;
Il était un' bergère
Qui gardait ses moutons,
Ron, ron,
Qui gardait ses moutons.

II

Elle fit un fromage,
Et ron, ron, ron, petit patapon ;
Elle fit un fromage
Du lait de ses moutons,
Ron, ron,
Du lait de ses moutons.

III

Son chaton la regarde,
Et ron, ron, ron, petit patapon ;
Son chaton la regarde

Avec un air glouton,
 Ron, ron,
Avec un air glouton.

IV

Si tu y mets la patte,
Et ron, ron, ron, petit patapon;
 Si tu y mets la patte
 Tu auras du bâton,
  Ron, ron,
 Tu auras du bâton.

V

Il n'y mit pas la patte,
Et ron, ron, ron, petit patapon;
 Il n'y mit pas la patte,
 Il y mit le menton,
  Ron, ron,
 Il y mit le menton.

VI

La bergère en colère,
Et ron, ron, ron, petit patapon;
 La bergère en colère,
 A tué son petit chaton,
  Ron, ron,
 A tué son petit chaton.

VII

Elle s'en fut à confesse,
Et ron, ron, ron, petit patapon;
 Elle s'en fut à confesse,
 Vers le père Grignon,
  Ron, ron,
 Vers le père Grignon.

A ce moment, le conducteur de la ronde choisit parmi les joueurs le père Grignon. Ce dernier entre immédiatement dans le rond et la bergère, conductrice de la ronde, se mettant à genoux, lui chante :

VIII

Mon père, je m'accuse,
Et ron, ron, ron, petit patapon ;
Mon   père, je m'accuse,

D'avoir tué mon chaton,
Ron, ron,
D'avoir tué mon chaton.

IX

Pour votre pénitence,
Et ron, ron, ron, petit patapon;
Pour votre pénitence,
Nous nous embrasserons,
Ron, ron,
Nous nous embrasserons.

Ce couplet fini, le père Grignon embrasse sa pénitente, lui prend les mains et fait avec elle, en sautant, le tour du rond ; pendant ce temps, la bergère et les joueurs chantent :

X

La pénitence est douce,
Et ron, ron, ron,   petit patapon;
La pénitence   est douce,
Nous re   commencerons,
Ron,   ron,
Nous re   commencerons.

Le Déjeuner des Petits Oiseaux

Les Filles à Marier

J'ai trente deux fil-les a ma-ri - er, J'en ai rempli
tout mon petit gre - nier Grand Dieu! je ne sais comment Ma-ri - er tous ces en - fants

I

J'ai trente-deux filles à marier,
J'en ai rempli tout mon petit grenier,
Grand Dieu! je ne sais comment
Marier tous ces enfants.

II

Ma fille! ma fille! je parle à vous,
Ma mère! ma mère! que dites-vous?
Je dis que, si vous êtes sage,
Vous f'rez un beau mariage.

III

Je dis que, si vous êtes sage,
Vous ferez un beau mariage;
Que vous aurez de beaux atours;
Mais du rond faites le tour.

IV

Puis parcourant toute la danse,
Faites trois sauts, la révérence,
Et enfin vous embrasserez
Celui que vous aimerez.

Le Régiment

Voi-ci le ré -gi - ment qui pas-se Voi-ci que bat-tent

les tam-bours. Et que les clai-rons dans l'es-pa-ce Ta ra ta ta

ta ta ta-ras - se son-nent tou - jours !

I

Voici le régiment qui passe,
Voici que battent les tambours,
Et que les clairons dans l'espace,
Ta ra ta ta ta ta ta rasse
     Sonnent toujours !

II

Voici le drapeau qui déploie,
Dans le soleil ses trois couleurs
Et sur sa hampe qui flamboie
Les plis de l'étoffe de soie,
     Flottent vainqueurs !

III

Voici les soldats de la France,
« Petits pious pious soldats d'un sou »,
Le cœur toujours plein de vaillance,

Et ne perdant pas l'espérance,
    Du rendez-vous !

IV

Rendez-vous de lutte et de gloire,
Rendez-vous de sang et   de cris,
Nouvelle page pour l'his   toire,
Ce sera notre terri   toire
    Enfin repris !

Les trois étapes

Tin tin tin, tin tin tin, Qu'est c'qui naît à S! Jus-tin? C'est la fille, au Sa-cris-tain   Qu'est-ce qui la nomme   Une femme, un homme   Sa-vez vous leur nom? Ma foi non! Din, dan, bas lent

I

Tin tin tin, tin tin tin,
Qu'est-c'qui naît à Saint-Justin?
C'est la fille au sacristain.
Qu'est-ce qui la nomme?
Une femme, un homme,
Savez-vous leur nom?
　　Ma foi non!

II

La la la, la la la,
Qui s'marie à Saint-Gildas?
C'est la nièce à Nicolas.
Qu'est-ce qui l'épouse?
Un jeune homme en blouse,
Savez-vous son nom?
　　Ma foi non!

III

Din, dan, bas, lent,
Qu'est-c'qu'est mort à Saint-Laurent?
C'est la femm' du président.
Qui chante au service?
Un jeune novice.
Savez-vous son nom?
    Ma foi non!

Aubépines et Fraises

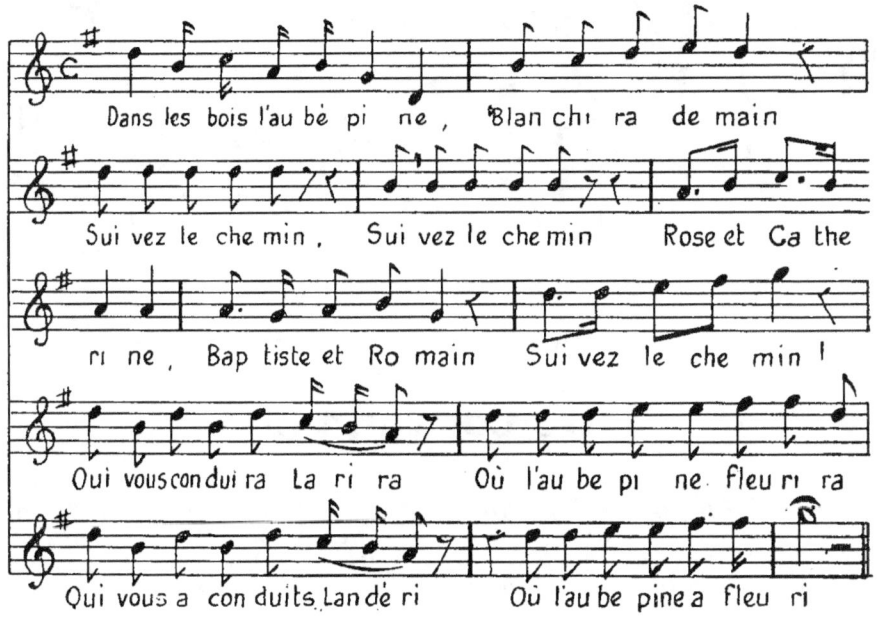

Dans les bois l'au bé pi ne , Blan chi ra de main
Sui vez le che min , Sui vez le che min Rose et Ca the
ri ne , Bap tiste et Ro main Sui vez le che min !
Qui vous con dui ra La ri ra Où l'au be pi ne fleu ri ra
Qui vous a con duits Lan dé ri Où l'au be pine a fleu ri

I

Dans les bois l'aubépine,
Blanchira demain,
Suivez le chemin
Rose et Catherine,
Baptiste et Romain
Suivez le chemin
Qui vous conduira
    La ri ra!
Où l'aubépine fleurira,
Qui vous a conduits
    Lan dé ri!
Où l'aubépine a fleuri!

II

Dans les sentiers la fraise
Rougira demain.
Suivez le chemin
Nicolas et Blaise,
Javotte et Firmin
Suivez le chemin
Qui vous conduira
    La ri ra!
Où la fraise mûrira,
Qui vous a conduits
    Lan dé ri!
Où la fraise a mûri.

Le cordonnier

L'un des joueurs est désigné par le sort pour être le **cordonnier**. *Il vient se placer au centre de la ronde, se met à genoux ou assis par terre, quand c'est un homme; si le* **cordonnier** *est une dame, on lui donne un siège. Et alors, en simulant le travail de son état, il chante avec volubité :*

Allons, belles, belles, des souliers
Que j'en essaie à vos jolis pieds.

La ronde se met à tourner le plus fort possible, en répondant :

Essayez! essayez! essayez!

Le **cordonnier** *ne quitte pas sa place, et, en étendant les bras, il tâche d'arrêter un joueur en l'attrapant par le bas de la robe, pour les dames, par le bas du pantalon, pour les Messieurs.*
Le client touché devient **cordonnier**, *mais après avoir donné un gage.*

Le furet du bois joli

Cette ronde se chante et se joue assis, debout ou en dansant, mais toujours les joueurs en rond. L'un d'eux est tiré au sort, et devient le **chasseur**. *Alors les joueurs font d'un objet quelconque le* **furet**, *et se le passe de main en main, à leur gré, généralement les mains derrière le dos, en chantant les paroles qui sont rapportées plus bas. Le chasseur court de joueur en joueur, où bon lui semble, jusqu'à ce qu'il ait trouvé le* **furet**.

Le possesseur du **furet** *devient à son tour* **chasseur**.

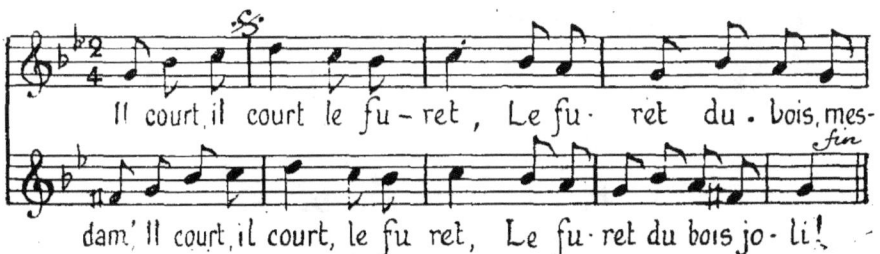

Il court, il court, le furet,
Le furet du bois, mesdames,
Il court, il court, le furet,
Le furet du bois joli.

Il a passé par ici,
Le furet du bois, mesdames;
Il a passé par ici,
Le furet du bois joli.

Il court, il court, le furet,
Le furet du bois, mesdames;
Il court, il court, le furet,
Le furet du bois joli.

Foulons l'herbe

Tous les joueurs, hommes et dames, car il faut l'un et l'autre, tournent et sautent en rond, en chantant :

Foulons, foulons, foulons l'herbe,
Foulons l'herbe, elle reviendra.

Alors chaque joueur homme tend la main gauche à la dame sa voisine, — car on met toujours un monsieur à côté d'une dame — de droite et la fait passer à sa gauche, alors que toute la ronde chante :

Passez par ici, et moi par là,
Foulons, foulons, foulons l'herbe, } *bis*
Foulons l'herbe, elle reviendra.

Puis la ronde recommence.

Les Vendanges

E - cra-se la grappe Frappe, frappe, frap-pe.

Bra-ve vi – gne – ron Les ais cra-que – ront,

Les ais cra-que-ront. Fou-le, par-mi le sang qui

cou ——le les rai-sins jonchant le pressoir. vi-gne-

-ron fou-le fou-le fou —— le le raisin blanc le rai-sin noir

REFRAIN

Ecrase la grappe,
Frappe, frappe, frappe,
Brave vigneron
Les ais craqueront, *bis*.

I

Foule parmi le sang qui coule,
Les raisins jonchant le pressoir,
Vigneron, foule, foule, foule,
Le raisin blanc, le raisin noir,

REFRAIN

Ecrase la grappe, etc...

II

Recueille la liqueur sacrée
Due à tes soins intelligents,
Et qui, sous la voûte azurée,
Nous vient du Dieu des bonnes gens.

REFRAIN

Ecrase la grappe, etc...

III

Demain le pauvre sur la route,
Le vieillard guetté du trépas,
Tendront leurs lèvres à la coupe,
Que tu ne refuseras pas !

REFRAIN

Ecrase la grappe, etc...

IV

Et ranimés, pleins d'espérance,
Grâce au vin pur et généreux,
Oubliant misère et souffrance
Un instant ils seront heureux !

REFRAIN

Ecrase la grappe, etc...

Dans notre village

*Il faut être un nombre impair de joueurs. La ronde tourne en chantant le premier couplet ; elle se rompt aux mots « saute l'avocat ». Alors les joueurs se tendant la main à droite ou à gauche, tâchent de se tenir. En raison du nombre de joueurs, l'un d'eux reste forcément sans partenaire. Il devient **l'avocat** et est obligé de tourner seul et de donner un gage.*

Dans notre village
Il est un avocat,
Trois jeun's dam's y sont allées ;
Saute, l'avocat de paille,
    Saute l'avocat !

Le pauvre avocat
Se trouve bien surpris
D'avoir tant étudié
Pour n'avoir rien appris ;
Saute, l'avocat de paille,
    Saute l'avocat !

Ronde normande avec jeu

(Gai et modéré)

D'où ve-nez vous Ma-dame ar-ri-vez vous du bois ? D'où ve-nez vous Ma-dame ar-ri-vez vous du bois ? Je ne viens pas du bois Je viens d'gau-ler des noix Lon la . . . . Oh ! les noix . les noix Ma - da-me C'est bien a-mer quelque fois.

I

D'où venez-vous Madame } *bis*
Arrivez-vous du bois?
Je ne viens pas du bois,
Je viens d'gauler des noix
     Lon la.

Refrain

Oh ! les noix, les noix, Madame,
C'est bien amer quelquefois.

II

Que faites-vous Madame } *bis*
Allez-vous au Moulin?
Je n'vais pas au moulin
Je vais cueillir du lin,
     Lon la.

REFRAIN

Oh! le lin, le lin, Madame,
Votre rouet en est plein.

III

Que faites-vous Madame ⎫ *bis*
Allez-vous voyager? ⎭
Je n'vais pas voyager
Je m'en vais au verger
            Lon la.

REFRAIN

Oh! l'verger, l'verger, Madame,
La prune y faut y manger.

D'où venez-vous Madame
Arrivez-vous du bois?

Ronde d'enfant

(Vif).

Dan-sons sur le che-min Au son de la cor-ne-muse, Dan-sons sur le che-min En nous te-nant par la main

Voi-ci le Printemps qui mu-se les bois se-ront verts de-main

I

Dansons sur le chemin
Au son de la cornemuse,
Dansons sur le chemin
En nous tenant par la main.
Voici le printemps qui muse,
Les bois seront verts demain.

II

Dansons parmi les prés
Etoilés de violette,
Dansons parmi les prés
Sous les rayons empourprés.
Voici le printemps qui guette,
En ses habits chamarrés.

III

Dansons près des genêts
Sur la lande d'émeraude,
Dansons près des genêts

Panachant d'or leurs bonnets.
Voici le printemps qui rôde
Aux sentiers que tu connais.

IV

Dansons au bord des flots
Ourlant d'écume la grève,
Dansons au bord des flots
Dont le rire a des sanglots.
Le printemps pousse la sève
En agitant ses grelots.

V

Dansons! Parmi les nids
Jase la bergeronnette,
Dansons! Parmi les nids
Les merles sont réunis.
Du printemps voici la fête,
Les mauvais jours sont finis.

Les Mariages

Cette ronde ne se joue qu'avec des dames et des messieurs.

> Et ! qui marierons-nous ?
> Mademoiselle, ce sera vous (*bis*)

Les joueurs désignent une dame, puis chantent.

> Entrez dans la danse ;

La dame choisie entre dans le rond, et le chœur reprend :

> J'aimerai qui m'aimera,
> J'aimerai qui m'aime.
> Eh ! qui lui donnerons-nous ? (*bis*)
> Mon bon monsieur, ce sera vous ;

*Un monsieur est choisi parmi les joueurs ; il entre dans le rond,
pendant que la ronde chante en chœur.*

Entrez dans la danse :
J'aimerai qui m'aimera,
J'aimerai qui m'aime,
Mes amis, embrassez-vous ; (*bis*)

Le monsieur embrasse la dame, puis le chœur chante :

Embrassez-vous encore un coup.

Le monsieur embrasse à nouveau la dame ; le chœur reprend :

Grâce au jeu d'amourette,
J'aimerai qui m'aimera,
J'aimerai qui m'aime.

Le Pont d'Avignon

Cette ronde se danse avec toute la liberté d'action pour chaque joueur. Aux mots « beaux messieurs » et « capucins », on substitue toutes les professions que l'on veut et qui viennent à la pensée, et à ceux « font comme ça », ils imitent les gestes et allures les plus habituels des personnes nommées.

Sur le pont d'A-vi – gnon : L'on y dan-se, L'on y dan-se, Sur le pont d'A-vi – gnon Tout le monde y danse en rond. Les ca-pu-cins font comm'ça. Et puis encor'comm'ça.

> Sur le pont d'Avignon,
> L'on y danse, l'on y danse,
> Sur le pont d'Avignon,
> Tout le monde y danse en rond.
>
> Les beaux messieurs font comme ça ;
> Et puis encor' comm'ça
> Sur le pont d'Avignon,
> Tout le monde y danse, danse,
> Sur le pont d'Avignon,
> Tout le monde y danse en rond.
>
> Les capucins font comme ça ;
> Et puis encor' comm'ça.
> Sur le Pont d'Avignon,
> Tout le monde y danse, danse,
> Sur le pont d'Avignon,
> Tout le monde y danse en rond.

J'aimerai qui m'aime

Mam'selle entrez chez nous, *(bis)*
Mam'selle entrez encor un coup,
   Afin que l'on vous aime ;
Ah ! j'aimerai, j'aimerai, j'aimerai,
   Ah ! j'aimerai qui m'aime.

Une amie, choisissez-vous, *(bis)*
Choisissez-la encor un coup,
   Afin que l'on vous aime ;
Ah ! j'aimerai, j'aimerai, j'aimerai,
   Ah ! j'aimerai qui m'aime.

Mettez-vous à genoux, *(bis)*
Mettez-vous y encor un coup
   Afin que l'on vous aime ;
Ah ! j'aimerai, j'aimerai, j'aimerai,
   Ah ! j'aimerai qui m'aime.

Faites-vous les yeux doux, *(bis)*
Faites-vous les encor un coup,
   Afin que l'on vous aime ;
Ah ! j'aimerai, j'aimerai, j'aimerai,
   Ah ! j'aimerai qui m'aime.

Et puis embrassez-vous, *(bis)*
Embrassez-vous encor un coup,
   Afin que l'on vous aime ;
Ah ! j'aimerai, j'aimerai, j'aimerai,
   Ah ! j'aimerai qui m'aime.

Revenez parmi nous, *(bis)*
Revenez-y encor un coup,
   Afin que l'on vous aime ;
Ah ! j'aimerai, j'aimerai, j'aimerai,
   Ah ! j'aimerai qui m'aime.

Le Meunier

On divise les joueurs en deux bandes, puis on les place en face ;
ces bandes marchent l'une vers l'autre en chantant :

Meunier, tu dors,
Ton moulin, ton moulin va trop vite.
Meunier, tu dors,
Ton moulin, ton moulin va trop fort.

Les groupes font quelques allées et venues, puis forment un grand
rond et tournent en précipitant la cadence du chant et la vitesse du
mouvement.

3

Où est la Marguerite?

Où est la Mar-gue-ri - te ? Oh! gai, oh' gai, oh gai ! Où est la Mar-gue-ri - te? Oh! gai, Franc ca-va -lier !

Une jeune fille choisie parmi les joueurs se place à genoux au milieu du groupe. Les joueurs lui tiennent la robe levée au-dessus de la tête. Le conducteur chante : « Où est la Marguerite » et quand il dit : « J'en abattrai un' pierre », il enlève un des joueurs qui tient la jupe; il renouvelle cette opération jusqu'à ce qu'il ait enlevé le dernier.

Au moment du départ de la ronde, un autre joueur a été désigné comme franc cavalier. Il chante le dernier couplet. En arrivant à la phrase : « je vais chercher mon petit couteau », les joueurs qui restent à tenir la robe, la lâchent; Marguerite se sauve et tous les joueurs la poursuivent.

Où est la Marguerite!
Oh! gai! oh! gai! oh! gai;
Où est la Marguerite?
Oh! gai, franc cavalier.

Elle est dans son château,
    Oh! gai, etc.

Les murs en sont trop hauts
    Oh! gai, etc.

J'en abattrai un' pierre,
    Oh! gai, etc.

Un' pierre ne suffit pas,
    Oh ! gai, etc.

J'en abattrai deux pierres,
    Oh ! gai, etc.

Deux pierr's ne suffis'nt pas,
    Oh ! gai, etc.

J'en abattrai trois pierres,
    Oh ! gai, etc.

Qu'est-ce qu'il y a là-dedans ?
Un petit paquet de linge à blanchir.
Je vais chercher mon petit
Couteau pour le couper.

Il faut que ça guérisse

Avant le départ de la ronde, chaque joueur a choisi une infirmité.
Le conducteur remplissant le rôle de médecin, *doit guérir son*
malade.

Donn'-moi ton bras que j'te guérisse,
　Car tu m'as l'air malade,
　Car tu m'as l'air malade,
　　　Lon la,
　Car tu m'as l'air malade.

Cueille la plante que voilà.
  C'est un fort bon remède,
  C'est un fort bon remède,
    Lon la,
  Il faut que le mal cède.

Danse sur le pied que voilà,
  C'est un fort bon remède,
  C'est un fort bon remède,
    Lon la,
  Il faut que le mal cède.

Puis s'adressant à un bossu (pour cette raison cette infirmité doit toujours être représentée dans le jeu).

Frotte-toi bien l'œil que voilà,
  C'est un fort bon remède, *(bis)*
    Lon la, etc.

Mon cadeau te redressera,
  C'est un fort bon remède, *(bis)*
    Lon la, etc.

La Vieille

I

A Paris dans une ronde,
Composée de jeunes gens,
    Tire, lire, sautant,
Il se trouva une vieille
De passé quatre-vingts ans,
    Tire, lire, sautant,
    Sautant la vieille,
Qui croyait avoir quinze ans,
    Tire, lire, sautant.

II

Il se trouva une vieille,
De passé quatre-vingts ans,
   Tire, lire, sautant,
Elle choisit le plus jeune,
Qui était le plus galant,
   Tire, lire, sautant,
   Sautant la vieille,
Qui croyait avoir quinze ans,
   Tire, lire, sautant.

III

Elle choisit le plus jeune,
Qui était le plus galant,
   Tire, lire, sautant,
Va-t'en, va-t'en, bonne vieille,
Tu n'as pas assez d'argent,
   Tire, lire, sautant,
   Sautant la veille,
Qui croyait avoir quinze ans,
   Tire, lire, sautant.

IV

Va-t'en, va-t'en, bonne vieille,
Tu n'as pas assez d'argent,
   Tire, lire, sautant,
Si vous saviez c'qu'a la vieille
Vous n'en diriez pas autant,
   Tire, lire, sautant,
   Sautant la vieille,
Qui croyait avoir quinze ans,
   Tire, lire sautant.

V

Si vous saviez c'qu'a la vieille,
Vous n'en diriez pas autant,
    Tire, lire, sautant,
Dis-nous donc ce qu'a la vieille ?
Elle a dix tonneaux d'argent,
    Tire, lire, sautant,
    Sautant la vieille,
Qui croyait avoir quinze ans,
    Tire, lire, sautant.

VI

Dis-nous donc ce qu'a la vieille ?
Elle a dix tonneaux d'argent,
    Tire, lire, sautant,
Reviens, reviens, bonne vieille,
Marions-nous promptement,
    Tire, lire, sautant,
    Sautant la vieille,
Qui croyait avoir quinze ans,
    Tire, lire, sautant.

VII

Reviens, reviens, bonne vieille,
Marions-nous promptement,
    Tire, lire, sautant,
On la conduit au notaire :
Mariez-moi cette enfant,
    Tire, lire, sautant,
    Sautant la vieille,
Qui croyait avoir quinze ans,
    Tire, lire, sautant.

**A Paris dans une ronde,
Composée de jeunes gens**

VIII

On la conduit au notaire :
Mariez-moi cette enfant,
   Tire, lire, sautant,
Cette enfant, dit le notaire,
Elle a bien quatre-vingts ans,
   Tire, lire, sautant,
   Sautant la vieille,
Qui croyait avoir quinze ans,
   Tire, lire, sautant.

IX

Cette enfant, dit le notaire,
Elle a bien quatre-vingts ans,
   Tire, lire, sautant,
Aujourd'hui le mariage
Et demain l'enterrement,
   Tire, lire, sautant,
   Sautant la vieille,
Qui croyait avoir quinze ans,
   Tire, lire, sautant.

X

Aujourd'hui le mariage
Et demain l'enterrement,
   Tire, lire, sautant,
On fit tant sauter la vieille
Qu'elle est morte en sautillant,
   Tire, lire, sautant,
   Sautant la vieille,
Qui croyait avoir quinze ans,
   Tire, lire, sautant.

XI

On fit tant sauter la vieille
Qu'elle est morte en sautillant
   Tire, lire, sautant,
On regarde dans sa bouche,
Elle n'avait que trois dents,
   Tire, lire, sautant,
   Sautant la vieille,
Qui croyait avoir quinze ans,
   Tire, lire, sautant.

XII

On regarde dans sa bouche,
Elle n'avait que trois dents,
   Tire, lire, sautant,
Un' qui branle, une qui hoche,
Et l'autre qui vole au vent,
   Tire, lire, sautant,
   Sautant la vieille,
Qui croyait avoir quinze ans,
   Tire, lire, sautant.

XIII

Un' qui branle, une qui hoche,
Et l'autre qui vole au vent,
   Tire, lire, sautant,
On regarde dans sa poche,
Elle n'avait qu'trois liards d'argent,
   Tire, lire, sautant,
   Sautant la vieille,
Qui croyait avoir quinze ans,
   Tire, lire, sautant,

XIV

On regarde dans sa poche,
Elle n'avait qu'trois liards d'argent,
  Tire, lire, sautant,
Ah ! la vieille, la vieille, la vieille
Avait trompé le galant,
  Tire, lire, sautant,
  Sautant la vieille,
Qui croyait avoir quinze ans,
  Tire, lire, sautant.

Chanson Française

Animé

Dans le clos de ma tan-te Vi ve la ro se Dans
le clos de ma tan-te. Vi - ve la ro - se ! Les
fleurs ont de l'é - clat, Vi - ve ci , Vi - ve cà . Les
fleurs ont de l'é - clat, Vi - ve la rose et le li las !

I

Dans le clos de ma tante ⎰ *bis*
    Vive la rose ! ⎱
Les fleurs ont de l'éclat
    Vive ci, vive çà
Les fleurs ont de l'éclat,
    Vive la rose et le lilas !

II

Y sont des Marjolaines ⎰ *bis*
    Vive la rose ! ⎱
Des ne m'oubliez pas,
    Vive ci, vive çà,
Des ne m'oubliez pas,
    Vive la rose et le lilas !

III

Quand j'étais fiancée, } *bis*
   Vive la rose !
J'y conduisis mes pas,
   Vive ci, vive çà
J'y conduisis mes pas,
   Vive la rose et le lilas !

IV

C'était au clair de lune, } *bis*
   Vive la rose !
J'attendais Nicolas,
   Vive ci, vive çà
J'attendais Nicolas
   Vive la rose et le lilas !

V

Il vint, me dit mignonne, } *bis*
   Vive la rose !
Je m'en vais aux combats,
   Vive ci, vive ça
Je m'en vais aux combats,
   Vive la rose et le lilas !

VI

Gardez ma souvenance, } *bis*
   Vive la rose !
Et les fleurs que voilà,
   Vive ci, vive çà
Et les fleurs que voilà,
   Vive la rose et le lilas !

VII

Je vous serai fidèle, ⎱ bis
    Vive la rose ! ⎰
Jusqu'après le trépas,
    Vive ci, vice çà
Jusqu'après le trépas,
    Vive la rose et le lilas !

VIII

Me tendant les fleurettes, ⎱ bis
    Vive la rose ! ⎰
Sur le front m'embrassa,
    Vive ci, vive çà
Sur le front m'embrassa,
    Vive la rose et le lilas !

IX

Il partit pour la guerre, ⎱ bis
    Vive la rose ! ⎰
Et mon cœur soupira,
    Vive ci, vive çà
Et mon cœur soupira,
    Vive la rose et le lilas !

X

Il s'est couvert de gloire, ⎱ bis
    Vive la rose ! ⎰
Mon beau petit soldat,
    Vive ci, vive çà
Mon beau petit soldat,
    Vive la rose et le lilas !

XI

Il revient capitaine, ⎫ *bis*
   Vive la rose ! ⎭
Bientôt m'épousera,
   Vice ci, vive çà
Bientôt m'épousera,
   Vive la rose et le lilas !

XII

Et dans l'église neuve, ⎫ *bis*
   Vive la rose ! ⎭
Je lui prendrai le bras,
   Vive ci, vive çà
Je lui prendrai le bras,
   Vive la rose et le lilas !

XIII

Et sur ma robe blanche, ⎫ *bis*
   Vive la rose ! ⎭
Parmi mes falbalas,
   Vive ci, vive çà,
Parmi mes falbalas,
   J'aurai la rose et le lilas !

Qu'est-ce qui passe ici si tard?

(Le Conducteur de la Ronde prend le titre de Chevalier)

Qu'est-c'qui passe i-ci si tard, Compagnon de la Marjo-lai-ne? Qu'est-c'qui passe i-ci si tard Des-sus le quai?

LA RONDE

Qu'est-c'qui passe ici si tard?
Compagnon de la Marjolaine,
Qu'est-c'qui passe ici si tard?
Dessus le quai.

LE CHEVALIER

C'est le chevalier du Guet,
Compagnon de la Marjolaine,
C'est le chevalier du Guet,
Dessus le quai.

LA RONDE

Que demand' le chevalier?
Compagnon de la Marjolaine,
Que demand' le chevalier?
Dessus le quai.

LE CHEVALIER

Une fille à marier,
Compagnon de la Marjolaine,

Une fille à marier,
　　Dessus le quai.

LA RONDE

N'y'a pas de filles à marier,
Compagnon de la Marjolaine,
N'y'a pas de filles à marier,
　　Dessus le quai.

LE CHEVALIER

On m'a dit que vous en aviez,
Compagnon de la Marjolaine,
On m'a dit que vous en aviez,
　　Dessus le quai.

LA RONDE

Ceux qui l'ont dit s'sont trompés,
Compagnon de la Marjolaine,
Ceux qui l'ont dit s'sont trompés,
　　Dessus le quai.

LE CHEVALIER

Je veux que vous m'en donniez,
Compagnon de la Marjolaine,
Je veux que vous m'en donniez,
　　Dessus le quai.

LA RONDE

Sur les onze heur's repassez,
Compagnon de la Marjolaine,
Sur les onze heur's repassez,
　　Dessus le quai.

LE CHEVALIER

Les onze heur's sont bien passées,
Compagnon de la Marjolaine,
Les onze heur's sont bien passées,
Dessus le quai.

LA RONDE

Sur les minuit revenez,
Compagnon de la Marjolaine,
Sur les minuit revenez,
Dessus le quai.

LE CHEVALIER

Voilà les minuit sonnés,
Compagnon de la Marjolaine,
Voilà les minuit sonnés,
Dessus le quai.

LA RONDE

Mais nos filles sont couchées,
Compagnon de la Marjolaine,
Mais nos filles sont couchées,
Dessus le quai.

LE CHEVALIER

En est-il un' d'éveillé'?
Compagnon de la Marjolaine,
En est-il un' d'éveillé'?
Dessus le quai.

LA RONDE

Qu'est-c' que vous lui donnerez?
Compagnon de la Marjolaine,
Qu'est-c' que vous lui donnerez?
Dessus le quai.

LE CHEVALIER

De l'or, des bijoux assez,
Compagnon de la Marjolaine,
De l'or, des bijoux assez,
    Dessus le quai.

LA RONDE

Ell' n'est pas intéressé',
Compagnon de la Marjolaine,
Ell' n'est pas intéressé',
    Dessus le quai.

LE CHEVALIER

Mon cœur je lui donnerai,
Compagnon de la Marjolaine,
Mon cœur je lui donnerai,
    Dessus le quai.

LA RONDE

En ce cas-là choisissez,
Compagnon de la Marjolaine,
En ce cas-là choisissez,
    Dessus le quai.

A moi! A moi!

Pour amuser tout le monde,
Il faut danser en ronde :
Allons, Monsieur (ou Madame), faites votre choix,
Et surtout revenez à moi,
A moi ! à moi.

Au début de la ronde, une personne a été placée au milieu du cercle. Après ce premier couplet, elle fait quelques tours, en paraissant hésitante, puis choisit une personne. Celle-ci vient se placer à la droite de la première, les joueurs recommencent le couplet jusqu'à ce que tous aient été appelés au centre du rond.

La Marche de l'École

Mouvement de marche, décidé.

Par les prés
Jaunis ou diaprés,
Marchons gaîment vers notre chère école,
Par les prés
Jaunis ou diaprés,
Sous les cieux noirs ou sous les cieux dorés.

I

Le temps n'est plus
Où les seuls élus
De la science, étaient les riches du monde,
Ce temps passé,
On l'a remplacé,
Par un temps pur, un temps d'égalité.

REFRAIN

Par les prés
Jaunis ou diaprés,
Marchons gaîment vers notre chère école,
Par les prés
Jaunis ou diaprés,
Sous les cieux noirs ou sous les cieux dorés.

II

Dans ce temps ci,
Nous pouvons aussi,
En travaillant, nous élever jusqu'aux cîmes,
Et devenir,
Parmi l'avenir
Un de ceux-là qu'on apprend à bénir.

REFRAIN

Par les prés
Jaunis ou diaprés,
Marchons gaîment vers notre chère école,
Par les prés
Jaunis ou diaprés,
Sous les cieux noirs ou sous les cieux dorés.

La nouvelle Façon

Le conducteur prend le nom de **capitaine,** *et chante, en imitant ses mouvements :*

Savez-vous comment l'on danse
A la nouvelle façon ? *(bis)*
Garde à vous ! — Attention au commandement !

A ce moment la ronde s'arrête et les joueurs avancent d'abord la main droite, ensuite la main gauche, puis le **capitaine** *reprend :*

Une main, deux mains
Et voici comment l'on danse
A la nouvelle façon *(bis)*
Continuons cette danse
A la nouvelle façon *(bis)*
Garde à vous ! — Attention au commandement !

On avance le pied droit, le pied gauche ensuite; puis le **capitaine**
reprend :

Un pied, deux pieds,
Et voici comment l'on danse
A la nouvelle façon. *(bis)*
Voyons encore cette danse
A la nouvelle façon. *(bis)*
Garde à vous ! — Attention au commandement !
Une main, — deux mains,
Un pied, — deux pieds.

Tout le monde s'embrasse, et le **capitaine** *reprend :*

Et voilà comment l'on danse
A la nouvelle façon *(bis)*.

Il faut finir cette danse
A la nouvelle façon *(bis)*

Une main, — deux mains,
Un pied, — deux pieds.

Et voici comment l'on danse
A la nouvelle façon. *(bis)*

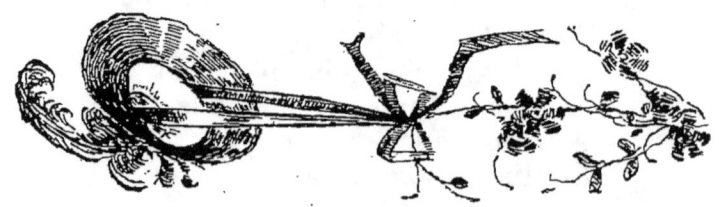

La tour prends garde

Cette ronde se chante sans faire le cercle. On choisit deux jeunes filles parmi les joueurs pour figurer la **tour**. *On désigne un* **duc** *et son* **fils**, *le duc se tient assis, le fils à ses côtés et tous les deux entourés de leurs gardes ; enfin un* **capitaine** *et un* **colonel**, *ces deux derniers se promènent devant la tour et chantent :*

La tour, prends gar-de, La tour prends-gar-de De te _ lais-ser a — bat — tre

LE CAPITAINE ET LE COLONEL

La tour prends garde (*bis*)
De te laisser abattre.

LA TOUR

Nous n'avons garde (*bis*)
De nous laisser abattre.

LE COLONEL

J'irai me plaindre (*bis*)
Au duque de Bourbon.

LA TOUR

Va t'en te plaindre (*bis*)
Au duque de Bourbon.

LE COLONEL ET LE CAPITAINE

Mon duc, mon prince, (*bis*)
Je viens me plaindre à vous..

(*Un genou en terre devant le Duc*)

LE DUC

Mon capitaine, mon colonel, *(bis)*
Que me demandez-vous?

LE COLONEL ET LE CAPITAINE

Un de vos gardes, *(bis)*
Pour abattre la tour.

LE DUC
(à un de ses gardes)

Allez mon garde, *(bis)*
Pour abattre la tour.

Ce garde se joint au colonel et au capitaine et les suit; l'on marche autour de la tour, en chantant :

La tour prends garde *(bis)*
De te laisser abattre.

LA TOUR

Nous n'avons garde *(bis)*
De nous laisser abattre.

LE COLONEL, LE CAPITAINE ET LE GARDE
(revenant au duc)

Mon duc, mon prince, *(bis)*
Je viens à vos genoux.

LE DUC

Mon capitaine, mon colonel, *(bis)*
Que me demandez-vous ?

LES OFFICIERS ET LES GARDES

Deux de vos gardes, *(bis)*
Pour abattre la tour.

Alors deux gardes se présentent, et le nombre en augmente. La ronde se continue en changeant le nombre de gardes chaque fois. Lorsque la série des gardes est épuisée, on revient au duc, en chantant :

LES OFFICIERS ET LES GARDES

Mon duc, mon prince, (*bis*)
Je viens à vos genoux.

LE DUC

Mon capitaine, mon colonel, (*bis*)
Que me·demandez-vous ?

LES OFFICIERS ET LES GARDES

(*se dirigeant vers la tour*)

Votre cher Fisse, (*bis*)
Pour abattre la tour.

Mais la tour n'ayant pas voulu se laisser abattre, les joueurs reviennent et chantent :

Votre présence, (*bis*)
Pour abattre la tour.

LE DUC

Je vais moi-même, (*bis*)
Pour abattre la tour.

Alors, le duc à la tête de ses gardes cherche à renverser la tour. Pour cela, il essaie à séparer les bras des jeunes filles; chaque joueur, après lui, tente la même opération, s'il ne l'a pas réussie ; celui qui abat la tour est proclamé duc.

Que sais-tu donc faire?

Tout le chœur, sauf le conducteur, chante en tournant et en sautant :

I

Dis-moi donc, vieillard, que sais-tu donc faire?
Sais-tu bien jouer de la mise en l'air.

Le conducteur lève les bras, tourne sur lui-même, bat des mains et répond :

L'air, l'air, l'air,
Ah, ah, ah,
De la mise en l'air.

Alors tous les joueurs l'imitent.

II

La ronde entière chante :

Dis-moi donc vieillard, que sais-tu donc faire?
Sais-tu bien jouer de la mise en boire,
De la mise en boire?

Le conducteur répond, en faisant le geste de boire :

Boire, boire, boire,
Ah, ah, ah,
De la mise en boire.

Toute la ronde l'imite.

III

La ronde entière chante :

Dis-moi donc, vieillard, que sais-tu donc faire?
Sais-tu bien jouer de la mise en flûte,
De la mise en flûte?

Le conducteur répond, en imitant la flûte :

Flûte, flûte, flûte,
Ah, ah, ah,
De la mise en flûte.

Toute la ronde l'imite.

IV

La ronde entière chante :

Dis-moi donc vieillard, que sais-tu donc faire?
Sais-tu bien jouer de la mise en vielle,
De la mise en vielle?

Le conducteur imite le joueur de vielle et chante :

Vielle, vielle, vielle,
Ah, ah, ah,
De la mise en vielle.

Toute la ronde l'imite.

V

La ronde entière chante :

Dis-moi donc, vieillard, que sais-tu donc faire ?
Sais-tu bien jouer des deux pieds en l'air,
Des deux pieds en l'air ?

Le conducteur répond, en sautant alternativement sur chaque pied :

L'air, l'air, l'air,
Ah, ah, ah,
Des deux pieds en l'air.

Toute la ronde l'imite.

VI

La ronde entière chante :

Dis-moi donc, vieillard, que sais-tu donc faire ?
Sais-tu bien jouer de la mise en arme,
De la mise en arme ?

Le conducteur répond, en faisant le geste de porter l'arme :

Arme, arme, arme,
Ah, ah, ah,
De la mise en arme.

Toute la ronde l'imite.

La Boulangère

Cette ronde est l'une des plus intéressantes et se danse dans les
réunions de grandes personnes. Lorsque le rond est formé, les
joueurs désignent la **boulangère** *et son* **soutien,** *et tournent en*
chantant :

> La boulangère a des écus,
>   Qui ne lui coûtent guère, (*bis*)
> Elle en a, car je les ai vus.
> Vive la boulangère aux écus,
>   Vive la boulangère !

Ce couplet dit, tout le monde s'arrête et se quitte les mains. La
boulangère *et son* **soutien** *se détachent et entrent dans le rond. Elle*
laisse son soutien, puis s'avance vers la chaîne en sautant; de la

main droite, elle prend la main gauche du danseur qui était à sa droite, tourne plusieurs fois avec lui, le lâche et ce danseur reprend sa place sur la chaîne, tandis que la boulangère fait tourner de même son soutien pendant que les joueurs chantent :

J'ai vu la boulangère
Aux écus
J'ai vu la boulangère.
Vive la boulangère aux écus,
Vive la boulangère.

La **boulangère** *fait ainsi danser tous les joueurs et revient chaque fois à son soutien.*

Le jeu ne cesse qu'autant que toutes les dames de la partie ont été boulangères.

Le Savetier

Air très ancien.

A la St Jean J'ai tant hou! hou! J'ai tant Ah! Ah! J'ai tant dan-sé

Que j'en ai dé - chi - ré mon hou! hou! Et mon Ah! Ah!

et mon sou-lier fa ri fa ri ra don don dai ne

fa ri fa ri ra don don dé

I

A la Saint-Jean j'ai tant hou! hou! j'ai tant
    Ah! Ah! j'ai tant dansé,
Que j'en ai déchiré mon hou! hou! et mon
    Ah! ah! et mon soulier.
    Farifarira don dondaine,
    Farifarira don don dé!

II

Que j'en ai déchiré mon hou! hou! et mon
    Ah! ah! et mon soulier,
Je l'ai porté au sa hou! hou! au sa
    Ah! Ah! au savetier.
    Farifarira don dondaine,
    Farifarira don don dé!

III

Je l'ai porté au sa hou ! hou ! au sa
  Ah ! Ah ! au savetier,
Je lui ai dit : bon sa hou ! hou ! bon sa
  Ah ! ah ! bon savetier,
  Farifarira don dondaine,
  Farifarira don don dé !

IV

Je lui ai dit : bon sa hou ! hou ! bon sa
  Ah ! ah ! bon savetier,
Veux-tu raccommoder mon hou ! hou ! et mon
  Ah ! ah ! et mon soulier?
  Farifarira don dondaine,
  Farifarira don don dé !

V

Veux-tu raccommoder mon hou ! hou ! et mon
  Ah ! ah ! et mon soulier,
Je te donn'rai un sou hou ! hou ! un sou
  Ah ! ah ! un sou marqué,
  Farifarira don dondaine,
  Farifarira don don dé !

VI

Je te donn'rai un sou hou ! hou ! un sou
  Ah ! ah ! un sou marqué,
Je ne veux pas d'un sou hou ! hou ! d'un sou
  Ah ! ah ! d'un sou marqué,
  Farifarira don dondaine,
  Farifarira don don dé !

VII

Je ne veux pas d'un sou hou ! hou ! d'un sou
Ah ! ah ! d'un sou marqué,
Mais tu m'donn'ras un petit hou ! hou ! un p'tit
Ah, ah, un p'tit baiser,
Farifarira don dondaine,
Farifarira don don dé.

Le Moulin

Mélodie populaire bretonne

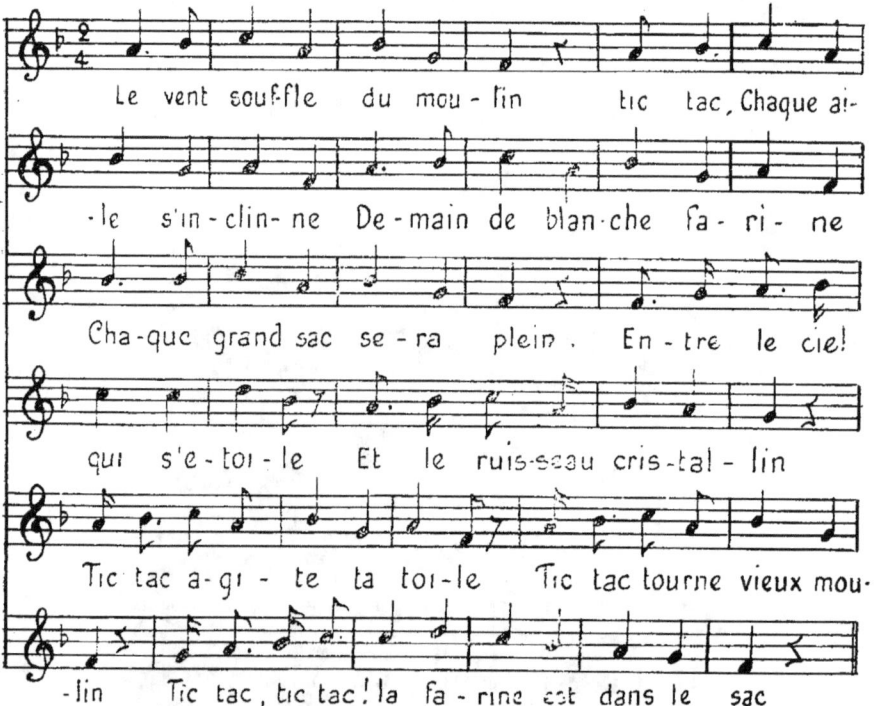

Le vent souffle du mou-lin tic tac, Chaque ai-le s'in-clin-ne De-main de blan-che fa-ri-ne Cha-que grand sac se-ra plein. En-tre le ciel qui s'e-toi-le Et le ruis-seau cris-tal-lin Tic tac a-gi-te ta toi-le Tic tac tourne vieux mou-lin Tic tac, tic tac! la fa-rine est dans le sac

I

Le vent souffle. — Du moulin
Tic tac — chaque aile s'incline,
Demain, de blanche farine
Chaque grand sac sera plein.
Entre le ciel qui s'étoile

Et le ruisseau cristallin,
Tic tac — agite ta toile,
Tic tac — tourne vieux moulin,
    Tic tac, tic tac
La farine est dans le sac.

II

Monté sur son bidet blanc
Tic tac — le meunier Cauville
Va souvent vendre à la ville,
Sa marchandise au chaland.
Heureux quand il s'en retourne
Le cœur gai, le gousset plein,
Tic tac — il fredonne : tourne,
    Tic tac, tic tac,
La farine est dans le sac.

III

La maison de ce meunier,
Tic tac — connue à la ronde,
Du grain blond que Dieu féconde,
Est pleine jusqu'au grenier.
Toujours la part la meilleure
S'y garde pour l'orphelin.
Tic tac, — tourne d'heure en heure,
Tic tac — tourne vieux moulin,
    Tic tac, tic tac,
La farine est dans le sac.

L'Oseille

Le conducteur chante en désignant du doigt un **mouton** :

L'autre jour plantant de l'oseille,
J'ai rencontré mon berger,
Qui m'a dit, tout bas à l'oreille,
Je voudrais vous embrasser.

Le **mouton** *choisi répond :*

> Ah ! vraiment, la drôle de mode
> Ce berger-là n'est point sot ;
> Il nous apprend la méthode,
> De nous aimer comme il faut.

*A ce moment le chœur entonne à l'adresse de la dame à droite
du* **mouton** *:*

> Madame, entrez dans la danse,
> Regardez-en la cadence,
> Et puis vous embrasserez
> Celui que vous aimerez.

*Cette dame entre dans le rond et se présente ensuite devant un
joueur, lui tend la joue qu'il embrasse ; puis elle passe à la gauche
du conducteur et la ronde reprend le dernier couplet en changeant
« Madame » par « Monsieur » et termine par « embrassez celle que
vous aimerez ».*

Le Mousse

Sur la va-gue hau-tai-ne En tre le ciel et l'eau Vo-gue mon ca-pi-tai-ne Dans ton jo-li ba-teau. Je vous di-rai l'his-toi-re D'un mou-sse de Par-dieu Elle est fa cile à croi-re Si vous cro-yez en Dieu.

REFRAIN

Sur la vague hautaine,
Entre le ciel et l'eau,
Vogue, mon capitaine,
Dans ton joli bateau.

I

Je vous dirai l'histoire
D'un mousse de Pardieu,
Elle est facile à croire
Si vous croyez en Dieu.

REFRAIN

Sur la vague, etc.

II

Une nuit de tourmente,
Parmi les longs sanglots
De la mer écumante
Il tomba dans les flots.

REFRAIN

Sur la vague, etc.

III

Devant la Sainte Vierge
Très anxieusement,
Sa mère offrait un cierge
A ce même moment.

REFRAIN

Sur la vague, etc.

IV

Et l'on vit, chose étrange,
Par l'effroyant chemin,
Un merveilleux archange
Le mener par la main.

REFRAIN

Sur la vague, etc.

V

Et sur le grand navire,
Quand il fut retrouvé,
Le mousse sut bien dire :
La Vierge m'a sauvé !

REFRAIN

Sur la vague, etc.

On vous en ratisse, tisse

Toute la ronde chante, en dansant.

I

Vous qui convoitez un cœur
Et qui briguez sa faveur,
Profitez du temps propice ;
Car bientôt l'on vous dira :

Les joueurs lâchent la main des voisins, puis frottant l'index gauche sur le dessus de l'index droit, ils imitent le mouvement de ratisser quelque chose en chantant :

On vous en ratisse, tisse,
On vous en ratissera.

II

Vous qui croyez qu'un galant,
Doit être toujours constant,
Obéissant, sans artifice,
Bientôt on vous l'apprendra !

On vous en ratisse, tisse,
On vous en ratissera.

III

Vous qui pensez qu'un époux,
Ne respirant que par vous,
Comme celui d'Eurydice,
Jusqu'aux enfers vous suivra.

On vous en ratisse, tisse,
On vous en ratissera.

IV

Dans les rondes très souvent
On finit en s'embrassant :
Mais voyez donc la malice,
Ces dames disent déjà :

On vous en ratisse, tisse,
On vous en ratissera.

Ah! mon beau Château

Les joueurs se divisent en deux camps et forment chacun un rond, sautent et chantent l'un devant l'autre. Le premier couplet dit, le premier rond cède un joueur au second; le jeu continue et la cession s'effectue après chaque couplet jusqu'à ce qu'il ne reste plus qu'un seul joueur, alors le grand rond l'entoure, saute plusieurs tours et la partie prend fin.

PREMIER ROND

Ah! mon beau château,
Ma tant' tire, lire, lire,
Ah! mon beau château,
Ma tant' tire, lire, lo.

DEUXIÈME ROND

Le nôtre est plus beau,
Ma tant' tire, lire, lire,
Le nôtre est plus beau,
Ma tant' tire, lire, lo.

En montrant une jeune fille.

PREMIER ROND

Nous le détruirons
Ma tant' tire, lire, lire,
Nous le détruirons,
Ma tant' tire, lire, lo.

DEUXIÈME ROND

Laquell' prendrez-vous
Ma tant' tire, lire, lire,
Laquell' prendrez-vous?
Ma tant' tire, lire, lo.

PREMIER ROND

Celle que voici,
Ma tant' tire, lire, lire,
Celle que voici,
Ma tant' tire, lire, lo.

DEUXIÈME ROND

Que lui donn'rez-vous?
Ma tant' tire, lire, lire,
Que lui donn'rez-vous?
Ma tant' tire, lire, lo.

PREMIER ROND

Des jolis bijoux,
Ma tant' tire, lire, lire,
Des jolis bijoux,
Ma tant' tire, lire, lo.

DEUXIÈME ROND

Nous en voulons bien,
Ma tant' tire, lire, lire,
Nous en voulons bien,
Ma tant' tire, lire, lo.

Le tigre

Pour exécuter cette ronde, les enfants se muniront de petites trompettes en fer blanc.

LE CHŒUR

(Bruits de trompettes)

Entrrez, Messieurs, entrrez, Mesdames,
Dans la barraque du dompteur !
(Trompettes)

Venez voir avaler des flammes
Au grand tigre de l'Equateur.
                        (*Trompettes*)

I

UNE VOIX

Ainsi criait un pauvre diable
Dont les cheveux très mal peignés,
Le long de sa face minable,
Descendaient jusque sur son nez.
Il allait répétant, superbe
D'insouciance et de gaîté
En brandissant comme une gerbe
Un vieux piston tout déjeté.

CHŒUR

Entrrez, Messieurs, entrrez, **Mesdames**
Dans la barraque du dompteur!
                        (*Trompettes*)
Venez voir, etc...

II

UNE VOIX

Trois enfants, cousins et cousine,
Friands de cet amusement,
Avec leur bonne, Joséphine,
Entrèrent dans le bâtiment.
Hélas! le faune était étique,
Le feu brûlait... péniblement,
Et le dedans de la boutique
Ne valait pas le boniment.

CHŒUR

Entrrez, Messieurs, entrrez, **Mesdames**
N'en criait pas moins le dompteur...
                        (*Trompettes*)

Venez voir avaler des flammes
Au grand fauve de l'équateur!
(*Trompettes*)

III

UNE VOIX

Le soir, rentrant dans leur chambrette,
Alfred, le moins âgé des trois,
Vint piquer quelques allumettes
Aux crocs de son tigre de bois.
Le feu rendit épouvantable
Le regard féroce et moqueur.
Lors sautant autour de la table.
Les bambins hurlèrent en chœur :

CHŒUR

Entrrez, Messieurs, entrrez, Mesdames,
Dans la barraque du dompteur
(*Trompettes*)
Venez voir avaler des flammes
Au grand fauve de l'équateur.
(*Trompettes*)

Les Hannetons

Mélodie populaire bretonne

Le So-leil va re — nai — — tre Do — rer Bois et-

— co — teaux Le til-leul et le hê — — tre se

rem-pli — ront d'oi-seaux En al-lant a l'e — co —

le Jean—nette et Jean-ne — ton Chan — te-ront vo-le

vo — le vo —le cher han—ne —ton Chan —te—ront

vo—le vo — le vo —le Cher han —ne —ton!

I

Le soleil va renaître,
Dorer bois et coteaux,
Le tilleul et le hêtre
Se rempliront d'oiseaux.
En allant à l'école,
Jeannette et Jeanneton,
Chanteront : vole, vole, } *bis*
Vole, cher hanneton,

II

Le ruisseau dont la neige
Eteint les glougloutis,
Retrouvant le cortège
De ses myosotis,
Voyant chaque corolle
Remplacer le bouton,
Murmurera : mais vole, ⎫
Vole, cher hanneton. ⎭ *bis*

III

Alors, sous les charmilles,
Alors, près des buissons,
Iront petites filles,
Iront petits garçons.
Leur troupe chère et folle,
Criant sur tous les tons :
Hanneton, vole, vole, ⎫
Volez chers hannetons, ⎭ *bis*

Biquette et le Loup

Biquett' ne veut pas sortir du chou Ah! tu sor- ti-ras. Bi-

quette. Bi- quet te' Ah' tu sor-ti - ras De ce chou - la !

On en - voi' chercher le chien: A - fin de manger Bi-

quette; Le chien ne veut pas manger Bi - quet te; Biquett'ne veut

pas sortir du chou. Ah! tu sortiras Bi - quette. Bi-quet-te!

Ah' tu sor-ti - ras de ce chou -là ! On en

Biquette ne veut pas sortir du chou ;
Ah! tu sortiras,
Biquette, Biquette,
Ah! tu sortiras
De ce chou-là !

I

On envoie chercher le chien afin de manger Biquette
Le chien ne veut pas manger Biquette,
Biquette ne veut pas sortir du chou.
  Ah ! tu sortiras,
  Biquette, Biquette,
  Ah ! tu sortiras
  De ce chou-là !

II

On envoie chercher le loup afin de manger le chien ;
Le loup ne veut pas manger le chien,
Le chien ne veut pas manger Biquette,
Biquette ne veut pas sortir du chou.
  Ah ! tu sortiras,
  Biquette, Biquette,
  Ah ! tu sortiras
  De ce chou-là !

III

On envoie chercher le bœuf afin de manger le loup,
Le bœuf ne veut pas manger le loup,
Le loup ne veut pas manger le chien,
Le chien ne veut pas manger Biquette,
Biquette ne veut pas sortir du chou.
  Ah ! tu sortiras,
  Biquette, Biquette,
  Ah ! tu sortiras
  De ce chou-là !

IV

On envoie chercher le bâton afin de battre le bœuf,
Le bâton ne veut pas battre le bœuf,
Le bœuf ne veut pas manger le loup,
Le loup ne veut pas manger le chien,
Le chien ne veut pas manger Biquette,
Biquette ne veut pas sortir du chou.
    Ah! tu sortiras,
    Biquette, Biquette,
    Ah! tu sortiras
    De ce chou-là!

V

On envoie chercher le feu afin de brûler le bâton,
Le feu ne veut pas brûler le bâton,
Le bâton ne veut pas battre le bœuf,
Le bœuf ne veut pas manger le loup,
Le loup ne veut pas manger le chien,
Le chien ne veut pas manger Biquette,
Biquette ne veut pas sortir du chou.
    Ah ! tu sortiras,
    Biquette, Biquette,
    Ah ! tu sortiras,
    De ce chou-là !

VI

On envoie chercher l'eau afin d'éteindre le feu,
L'eau ne veut pas éteindre le feu,
Le feu ne veut pas brûler le bâton,
Le bâton ne veut pas battre le bœuf,
Le bœuf ne veut pas manger le loup,
Le loup ne veut pas manger le chien,
Le chien ne veut pas manger Biquette,
Biquette ne veut pas sortir du chou.

Ah ! tu sortiras,
Biquette, Biquette,
Ah ! tu sortiras
De ce chou-là !

VII

L'eau veut bien éteindre le feu,
Le feu veut bien brûler le bâton,
Le bâton veut bien battre le bœuf,
Le bœuf veut bien manger le loup,
Le loup veut bien manger le chien,
Le chien veut bien manger Biquette,
Biquette veut bien sortir du chou.

Ah ! tu sortiras,
Biquette, Biquette,
Ah ! tu sortiras
De ce chou-là !

Savez-vous planter des Choux

Cette ronde se chante en mimant le geste de planteur tel qu'il est indiqué : avec la main, le pied, le coude, le nez, le genou.

LE CONDUCTEUR

Savez-vous planter les choux,
A la mode, à la mode,

CHŒUR

Savez-vous planter les choux,
A la mode de chez nous ?

LE CONDUCTEUR

On les plante avec la main,
A la mode, à la mode,

CHŒUR

On les plante avec la main,
A la mode de chez nous.

LE CONDUCTEUR

On les plante avec le pied,
A la mode, à la mode,

CHŒUR

On les plante avec le pied,
A la mode de chez nous.

LE CONDUCTEUR

On les plante avec le coud',
A la mode, à la mode,

CHŒUR

On les plante avec le coud',
A la mode de chez nous.

LE CONDUCTEUR

On les plante avec le nez,
A la mode, à la mode,

CHŒUR

On les plante avec le nez,
A la mode de chez nous.

LE CONDUCTEUR

On les plante avec le g'nou,
A la mode, à la mode,

CHŒUR

On les plante avec le g'nou,
A la mode de chez nous.

Ramène tes Moutons, Bergère !

Le conducteur choisit une dame parmi les joueurs et pendant que tout le monde danse, il la présente en chantant :

La plus aimable à mon gré (*bis*)
Je vais vous la présenter (*bis*)

Alors il quitte la dame choisie et prenant la main d'une autre dame, il forme avec celle-ci, tous les deux les bras tendus en l'air, une arcade sous laquelle passent la première dame choisie et toute la chaîne des danseurs. Le mouvement s'exécute en chantant :

Nous lui ferons passer barrière,
Ramène tes moutons, bergère,
Ramène, ramène, ramène donc
Tes moutons à la maison.

On se remet en cercle, on tourne, on danse en recommençant le refrain, mais en changeant le mot aimable par un autre qualificatif.

La bonne Aventure enfantine

Je suis un pe-tit pou-pon De bel-le fi-gu- -re Qui ai-me bien les bon-bons, Et les con-fi-tu- -res: Si vous vou-lez m'en don-ner, Je sau-rai bien les man- -ger: La bonne a-venture, Oh! gai, La bonne a-ven-tu – re!

On désigne parmi les joueurs l'enfant et la mère; eux seuls chantent pendant que les autres joueurs tournent en sautant.

L'ENFANT

Je suis un petit poupon,
 De bonne figure,
Qui aime bien les bonbons,
 Et les confitures :
Si vous voulez m'en donner,
Je saurai bien les manger.
 La bonne aventure,
  Oh! gai!
 La bonne aventure.

LA MAMAN

Lorsque les petits garçons,
Sont gentils et sages,
On leur donne des bonbons,
 De belles images;

Mais quand ils se font gronder,
C'est l'fouet qu'il faut leur donner.
La triste aventure,
Oh! gai!
La triste aventure.

L'ENFANT

Je serai sage et bon,
Pour plaire à ma mère,
Je saurai bien ma leçon,
Pour plaire à mon père;
Je veux bien les contenter,
Et s'ils veulent m'embrasser!...
La bonne aventure,
Oh! gai!
La bonne aventure.

Les Lauriers

LE CHŒUR

Nous n'irons plus au bois,
Les lauriers sont coupés,
La belle que voilà

S'adressant à la dame à gauche du conducteur.

Les ira ramasser.

Le monsieur placé auprès de la précédente.

J'entends le tambour qui bat,

Tout le monde frappe les mains pour imiter le tambour.

LA DAME

Et l'amour qui m'appelle...

EN CHŒUR

Et, vite dépêchez-vous
Embrassez la plus belle

Alors le monsieur et la dame s'embrassent et passent à la droite de la ronde ; les joueurs recommencent le premier couplet, et l'on continue comme la première fois jusqu'à ce que tous les couples aient passé.

Le Petit Bossu

Air d'une vieille Chanson de Soldats français

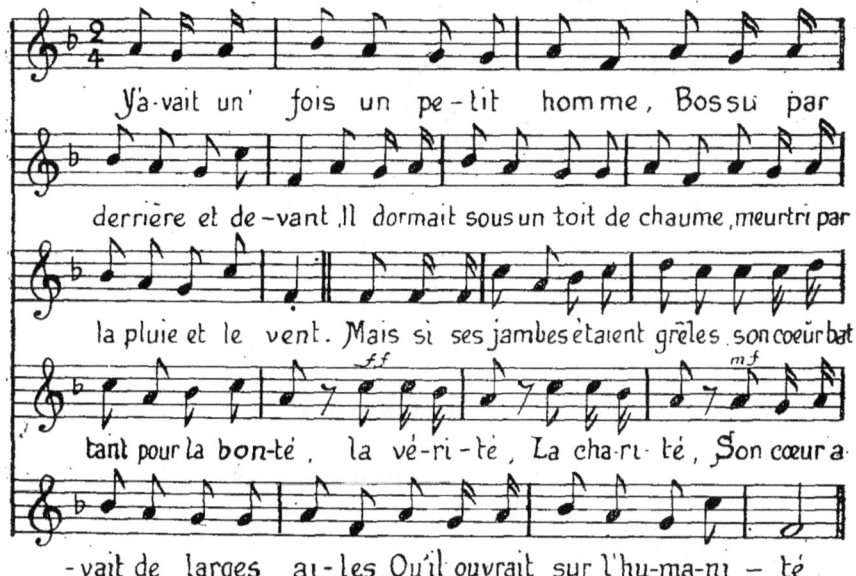

I

Y'avait une fois un petit homme,
Bossu par derrière et devant,
Il dormait sous un toit de chaume
Meurtri par la pluie et le vent.
Mais si ses jambes étaient grêles,
Son cœur battant pour la bonté,
            La vérité,
            La charité,
Son cœur avait de larges ailes
Qu'il ouvrait sur l'humanité...

II

Un jour il rencontre en sa route,
Un pauvre qui lui dit : j'ai faim,
Aussi pauvre que lui sans doute,
Le bossu lui donna son pain.
Et lorsque d'un timide geste
Le malheureux montra ses pieds.
        Déguenillés,
        Humiliés,
Le bossu lui passa sa veste,
Et le chaussa de ses souliers.

III

Quand il revint à sa chaumière,
Le bossu fut émerveillé,
        La soupe était dans la soupière,
        Le feu pétillait au foyer,
        Entre une bière épaisse et blonde
        Et du poulet bien fricassé,
                Un fruit glacé,
                Etait placé,
        C'est le bon Dieu qui, dès ce monde,
        L'avait déjà récompensé.

7

Dansant une ronde avec son meilleur ami.

Ronde

Assez animé

Dans u-ne bel-le ca-ge J'a vais un oi-se-
-let Pa-reil com-me ra—ma—ge Au
doux ros-si-gno-let. On rit on chan-te da-van-
-ta-ge On pleure à la fin du cou—plet

I

Dans une belle cage
J'avais un oiselet,
Pareil comme ramage
Au doux rossignolet.

REFRAIN

On rit, on chante davantage,
On pleure à la fin du couplet.

II

Pareil comme ramage
Au doux rossignolet.
Les gens du voisinage
Me disaient : s'il vous plaît.

REFRAIN

On rit, on chante davantage,
On pleure à la fin du couplet.

III

Les gens du voisinage
Me disaient : s'il vous plaît
Quel est son nom, son âge,
Tout le monde en parlait.

REFRAIN

On rit, etc.

IV

Quel est son nom son âge,
Tout le monde en parlait.
— Touchez pas à la cage !
Si l'oiseau s'envolait...

REFRAIN

On rit, etc.

V

— Touchez pas à la cage !
Si l'oiseau s'envolait...
Mais l'envie, héritage
Du diable, et qui soufflait,

REFRAIN

On rit, etc.

VI

Mais l'envie, héritage
Du diable et qui soufflait
Les poussa. Le grillag
S'ouvrit pour l'oiselet.

REFRAIN

On rit, etc.

VII

Les poussa. Le grillage
S'ouvrit pour l'oiselet.
Et le petit sauvage]
Dont l'aile palpitait,

REFRAIN

On rit, etc.

VIII

Et le petit sauvage
Dont l'aile palpitait,
S'envola de la cage
S'envola tout d'un trait.

REFRAIN

On rit, etc.

IX

S'envola de la cage
S'envola tout d'un trait.
Il s'appelait je gage,
J'en jure! il s'appelait...

REFRAIN

On rit, etc.

X

Il s'appelait je gage
J'en jure : il s'appelait
Le bonheur... Quel dommage!
Ainsi qu'un feu follet,

REFRAIN

On rit, etc.

XI

Le bonheur... Quel dommage,
Ainsi qu'un feu follet
Qui ne laisse au rivage
Ni rayon ni reflet,

On rit, etc.

XII

Qui ne laisse au rivage
Ni rayon ni reflet,
Il a laissé la cage
Vide et mon cœur seulet!

REFRA N

On rit on chante davantage,
On pleure à la fin du couplet.

L'avoine

Le conducteur de la ronde s'appelle l'avoine.

L'AVOINE

Qui veut ouïr, qui veut savoir
Comme on sème l'avoine ?
Mon père la semait ainsi :

Tous les joueurs étendent les bras et imitent l'action de semer et chantent :

Puis il se reposait ainsi :

On se croise les bras, et on tourne sur soi-même en disant :

> Un petit tour pour le lendemain.
> Avoine, avoine, avoine,
> Que le bon Dien t'amène.

La chaîne se reforme et tourne en sautant, puis l'on chante :

> Qui veut ouïr, qui veut savoir
> Comment on coupe l'avoine ?
> Mon père la coupait ainsi :
> Puis il se reposait ainsi ;

On se croise les bras et on tourne sur soi-même en disant :

> Un petit tour pour le lendemain.
> Avoine, avoine, avoine,
> Que le bon Dieu t'amène.
> Qui veut ouïr, qui veut savoir
> Comment on doit lier l'avoine ?
> Mon père la liait ainsi :

Les dames passent leur mouchoir au cou des messieurs ; ceux-ci passent le bras autour du cou des dames.

> Puis il se reposait ainsi :

On se croise les bras et on tourne sur soi-même en disant :

> Un petit tour pour le lendemain.
> Avoine, avoine, avoine,
> Que le bon Dieu t'amène.
> Qui veut ouïr, qui veut savoir
> Comment on doit battre l'avoine ?
> Mon père la battait ainsi :

Les dames frappent les épaules de leurs voisins ; ils se vengent par des baisers.
Et on reprend une dernière fois le refrain :

> Puis il se reposait ainsi, etc.

Mon pèr' m'a donné un mari

I

Mon pèr' m'a donné un mari ;
　Mon Dieu ! quel homme,
　Quel petit homme,
Mon pèr' m'a donné un mari,
　Mon Dieu ! quel homme,
　Qu'il est petit !

II

D'une feuille on fit son habit ;
　Mon Dieu ! quel homme,
　Quel petit homme !
D'une feuille on fit son habit,
　Mon Dieu ! quel homme,
　Qu'il est petit !

III

Le chat l'a pris pour un' souris ;
　Mon Dieu ! quel homme,
　Quel petit homme !
Le chat l'a pris pour un' souris,
　Mon Dieu ! quel homme,
　Qu'il est petit !

IV

Au chat ! au chat ! c'est mon mari ;
　Mon Dieu ! quel homme,
　Quel petit homme !
Au chat ! au chat ! c'est mon mari,
　Mon Dieu ! quel homme,
　Qu'il est petit !

Compère Guilleri

I

Il était un p'tit homme
Qui s'app'lait Guilleri,
    Carabi ;
Il s'en fut à la chasse,
A la chasse aux perdrix,
    Carabi,
    Titi Carabi,
    Toto Carabo,
Compère Guilleri ;
Te lairas-tu (ter) mouri ?

II

Il s'en fut à la chasse,
A la chasse aux perdrix,
    Carabi ;
Il monta sur un arbre
Pour voir ses chiens couri ;
    Carabi,
    Titi Carabi,
    Toto Carabo,
Compère Guilleri ;
Te lairas-tu (te) mourir ?

III

Il monta sur un arbre
Pour voir ses chiens couri,
  Carabi;
La branche vint à rompre,
Et Guilleri tombi,
  Carabi,
  Titi Carabi,
  Toto Carabo,
Compère Guilleri,
Te lairas-tu (ter) mouri?

IV

La branche vint à rompré,
Et Guilleri tombi,
  Carabi;
Il se cassa la jambe,
Et le bras se démit,
  Carabi,
  Titi Carabi,
  Toto Carabo,
Compère Guilleri,
Te lairas-tu (ter) mouri?

V

Il se cassa la jambe,
Et le bras se démit,
  Carabi;
Les dam's de l'*Hôpitale*
Sont arrivé's au bruit,
  Carabi,
  Titi Carabi,
  Toto Carabo,
Compère Guilleri,
Te lairas-tu (ter) mouri'?

VI

L'une apporte un emplâtre,
L'autre de la charpi',
  Carabi ;
On lui banda la jambe,
Et le bras lui remit,
  Carabi,
  Titi Carabi,
  Toto Carabo,
Compère Guilleri,
Te lairas-tu (ter) mouri ?

Le Roi Dagobert

I

C'est le roi Dagobert,
Qui met sa culotte à l'envers ;
Le grand saint Eloi,
Lui dit : « O mon roi,
Votre Majesté
Est mal culottée !
— « Eh bien ! lui dit le roi,
Je vais la remettre à l'endroit ».

II

Le bon roi Dagobert,
Faisait peu sa barbe en hiver ;
Le grand saint Eloi
Lui dit : « O mon roi,
Il faut du savon
Pour votre menton.
— C'est vrai, lui dit le roi,
As-tu deux sous ? prête-les moi. »

III

Le bon roi Dagobert
Avait un grand sabre de fer ;
Le grand saint Eloi
Lui dit : « O mon roi,
Votre Majesté
Pourrait se blesser.
— C'est vrai, lui dit le roi,
Qu'on me donne un sabre de bois ».

IV

Le bon roi Dagobert
Se battait à tort à travers;
Le grand saint Eloi
Lui dit : « O mon roi,
Votre Majesté
Se fera tuer.
— C'est vrai, lui dit le roi,
Mets-toi bien vite devant moi. »

V

Le roi faisait des vers,
Mais il les faisait de travers;
Le grand saint Eloi
Lui dit : « O mon roi
Laissez les oisons
Faire des chansons.
— C'est vrai, lui dit le roi,
C'est toi qui les feras pour moi. »

VI

Le bon roi Dagobert
Voulait s'embarquer sur la mer;
Le grand saint Eloi
Lui dit : « O mon roi,
Votre Majesté
Se fera noyer.
— C'est vrai, lui dit le roi,
Onpourra crier : Le roi boit ! »

Dame Tartine

Il était un' dame Tartine,
Dans un beau palais de beurr' frais,
Les muraill's étaient de farine,
Le parquet était de croquets,
    Sa chambre à coucher
    Etait d'échaudés,
    Son lit de biscuit :
    C'est fort bon la nuit.

Quand ell' s'en allait à la ville,
Elle avait un petit bonnet;
Les rubans étaient de pastille
Et le fond de bon raisiné;
    Sa petit' carriole
    Etait d'croquignole;
    Ses petits chevaux
    Etaient d'patés chauds.

Cadet Rousselle

I

Cadet Rousselle a trois maisons :
Qui n'ont ni poutres, ni chevrons.
C'est pour loger les hirondelles,
Que direz-vous d'Cadet Rousselle ?
Ah ! ah ! ah ! mais vraiment,
Cadet Rousselle est bon enfant.

II

Cadet Rousselle a trois chapeaux :
Les deux ronds ne sont pas très beaux,
Et le troisième est à deux cornes,
De sa tête il a pris la forme.
Ah ! ah ! ah ! mais vraiment,
Cadet Rousselle est bon enfant.

III

Cadet Rousselle a trois gros chiens :
L'un court au lièvr', l'autre au lapin,
L'troisièm' s'enfuit quand on l'appelle
Comm' le chien d'Jean de Nivelle.
Ah ! ah ! ah ! mais vraiment,
Cadet Rousselle est bon enfant.

IV

Cadet Rousselle a trois beaux chats :
Qui n'attrapent jamais les rats,
Le troisièm' n'a pas de prunelle,
Il monte au grenier sans chandelle.
Ah ! ah ! ah ! mais vraiment,
Cadet Rousselle est bon enfant.

V

Cadet Rousselle ne mourra pas,
Car avant de sauter le pas,
On dit qu'il apprend l'orthographe
Pour fair' lui-même son épitaphe.
Ah! ah! ah! mais vraiment,
Cadet Rousselle est bon enfant.

Au clair de la lune

Au clair de la lune,
Mon ami Pierrot,
Prête-moi ta plume
Pour écrire un mot.
Ma chandelle est morte,
Je n'ai plus de feu ;
Ouvre-moi ta porte
Pour l'amour de Dieu.

Au clair de la lune,
Pierrot répondit :
Je n'ai pas de plume,
Je suis dans mon lit.
Va chez la voisine,
Je crois qu'elle y est,
Car dans sa cuisine,
On bat le briquet.

Malbrough

Malbrough s'en va-t-en guerre,
Mironton, tonton, mirontaine,
Malbrough s'en va-t-en guerre,
Ne sait quand reviendra (*ter*)

Il reviendra z'à Pâques,
Mironton, tonton, mirontaine,
Il reviendra z'à Pâques,
Ou à la Trinité (*ter*)

La Trinité se passe,
Mironton, tonton, mirontaine,
La Trinité se passe,
Malbrough ne revient pas (*ter*)

Madame à sa tour monte,
Mironton, tonton, mirontaine,
Madame à sa tour monte,
Si haut qu'elle peut monter (*ter*)

Elle aperçoit son page,
Mironton, tonton, mirontaine,
Elle aperçoit son page,
Tout de noir habillé (*ter*)

Beau page! ah! mon beau page,
Mironton, tonton, mirontaine,
Beau page! ah! mon beau page,
Quell' nouvelle apportez? (*ter*).

Aux nouvell's que j'apporte,
Mironton, tonton, mirontaine,
Aux nouvell's que j'apporte,
Vos beaux yeux vont pleurer (*ter*)

Monsieur d'Malbrough est mort,
Mironton, tonton, mirontaine,
Monsieur d'Malbrough est mort,
Est mort et enterré (*ter*)

J'l'ai vu porter en terre,
Mironton, tonton, mirontaine,
J'lai vu porter en terre
Par quatre z'officiers (*ter*)

L'un portait sa cuirasse,
Mironton, tonton, mirontaine,
L'un portait sa cuirasse,
L'autre son bouclier (*ter*)

L'un portait son grand sabre,
Mironton, tonton, mirontaine,
L'un portait son grand sabre,
L'autre ne portait rien (*ter*)

A l'entour de sa tombe,
Mironton, tonton, mirontaine,
A l'entour de sa tombe
Romarin l'on planta (*ter*)

Sur la plus haute branche
Mironton, tonton, mirontaine,
Sur la plus haute branche
Le rossignol chanta (*ter*)

On vit voler son âme,
Mironton, tonton, mirontaine,
On vit voler son âme,
A travers des lauriers (*ter*)

La mère Michel

C'est la mèr' Michel qui a perdu son chat,
Qui cri' par la f'nêtre à qui le lui rendra.
Et l'compèr' Lustucru qui lui a répondu
Allez, la mèr' Michel, vot' chat n'est pas perdu.

C'est la mèr' Michel qui lui a demandé :
Mon chat n'est pas perdu ! vous l'avez donc trouvé?
Et l'compèr' Lustucru qui lui a répondu :
Donnez un' récompense, il vous sera rendu.

Et la mèr' Michel lui dit : c'est décidé,
Si vous rendez mon chat, vous aurez un baiser.
Le compèr' Lustucru, qui n'en a pas voulu,
Lui dit : pour un lapin votre chat est vendu.

La bonne aventure

Je suis un petit poupon
   De belle figure,
Qui aime bien les bonbons
   Et les confitures.
Si vous voulez m'en donner
Je saurai bien les manger.
   La bonne aventure,
     Oh! gai!
   La bonne aventure!

Je serai sage et bien bon
   Pour plaire à ma mère;
Je saurai bien ma leçon,
   Pour plaire à mon père;
Je veux bien les contenter,
Et s'ils veulent m'embrasser
   La bonne aventure,
     Oh! gai!
   La bonne aventure.

J'ai du bon tabac

J'ai du bon tabac dans ma tabatière,
J'ai du bon tabac; tu n'en aura pas.
J'en ai du fin et du bien rapé,
Qui ne s'ra pas pour ton fichu nez!
J'ai du bon tabac dans ma tabatière,
J'ai du bon tabac, tu n'en aura pas.

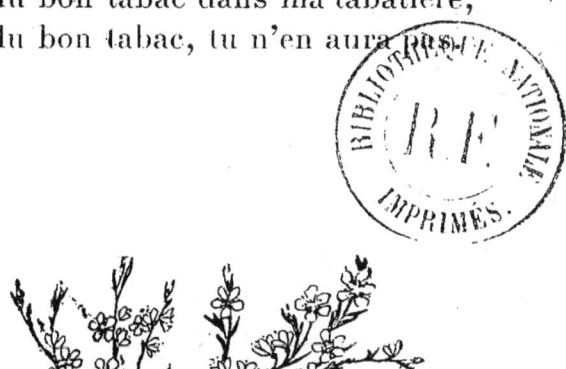

TABLE DES MATIÈRES

Aux bois dédorés sur lesquels la neige demeure
Aux bois dédorés où le petit roitelet pleure,
Ah ! viens cueillir la fleur, la fleur de mon cœur.

SAINT-DENIS. — IMP. GÉNÉRALE, ED. GHAUCE, 33, BOULEVARD CARNOT

www.ingramcontent.com/pod-product-compliance
Lightning Source LLC
Chambersburg PA
CBHW060811250626
47162CB00005B/1748